"

동화는…

꿈을 심어주는 환각제가 아니라 현실을 일깨워주는 각성제다!

그러니까 여러분도 동화 많이 읽고 제발 꿈 깨세요.

"

드라마 〈사이코지만 괜찮아〉에 등장하는
아동문학 작가 고문영의 극중 대사다.
잡히지도 않는 밤하늘의 별을 바라보지 말고
차라리 진흙탕 속에 쑤셔 박혀 있는 두 발을 보라!
그게 당신의 현실이고, 그 현실을 제대로 바라보게 만드는 게
'진짜 좋은 동화'라고 말이다.

그래서 그녀의 동화는 아이들에게 달콤한 낭만과 이상을 선물하지 않는다.
잔인하리만치 냉혹한 현실을 직시하게 만들고,
그런 현실을 만든 어른 세대를 비판하고 반성하게 만들어
'부디 너는 잘 자란 어른이 되어주렴' 말하고 있다.

과거의 아픈 기억들을 잊지 말고 이겨내어
〈악몽을 먹고 자란 소년〉에서 영혼이 성장한 '진짜 어른'이 되어주길.
부디 '먹이'보다 먼저 따스한 '온기'로 〈좀비 아이〉의 허기를 채워주길.
목줄에 매여 밤마다 남몰래 낑-낑- 울지 말고
〈봄날의 개〉처럼 스스로 내 목줄을 끊어내는 용기를 내어주길.
이기적인 부모의 〈손, 아귀〉 안에서
'아기'는 받아먹을 줄만 아는 '아귀'로 자란다는 사실을 알아주길.

그리고
진정한 행복은 깊고 어두운 두더지 굴속에서 '찾아내는 것'이 아니라
타인과 함께하는 일상 속 어딘가에서 그저 '발견하는 것'임을.
그래서 경직과 거짓의 가면을 벗어던져버리고
당신의 〈진짜 진짜 얼굴을 찾아서〉 부디 행복하기를
간절히 소망해본다.

작가 조용

It's okey to
Not be okey♥

진짜 진짜 얼굴을 찾아서

글 고문영 · 그림 문상태

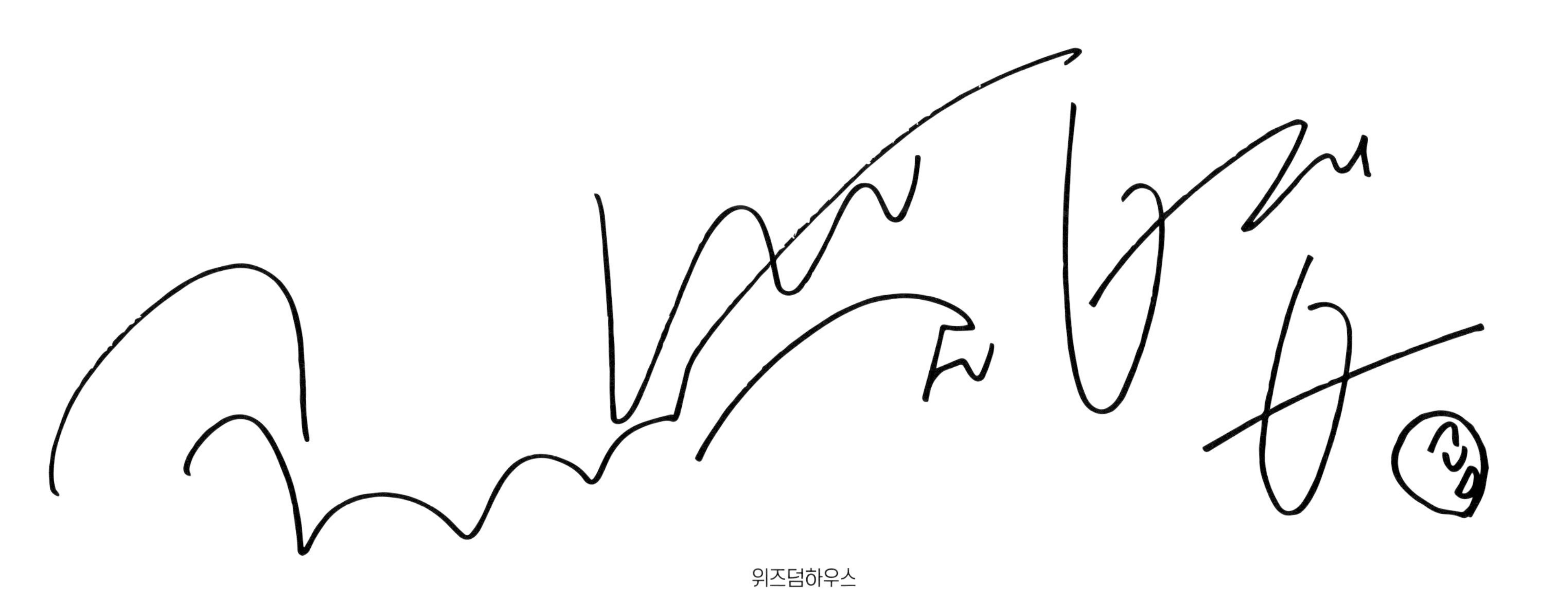

위즈덤하우스

옛날 옛날 깊은 숲속 어느 성에
그림자 마녀에게 자신의 진짜 얼굴을 빼앗겨 버린
세 사람이 함께 살고 있었어요.

입꼬리만 웃는 가면을 쓴 소년과
소리만 요란하고 속은 텅 빈 깡통 공주
그리고 답답한 박스 속에 갇혀 사는 아저씨였죠.
그림자 마녀는 남의 그림자 속에 몰래 숨어 있다가
갑자기 툭 튀어나와서 얼굴을 훔쳐가 버리는 마녀였어요.
얼굴을 빼앗겨 표정을 지을 수가 없던 세 사람은
서로의 마음을 알 길이 없어 매일 오해하고, 매일 싸워댔지요.

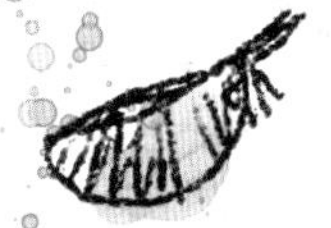

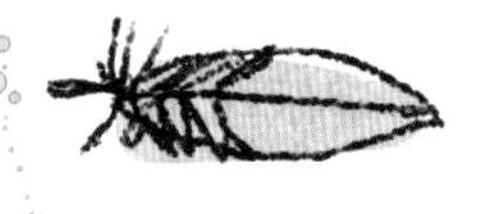

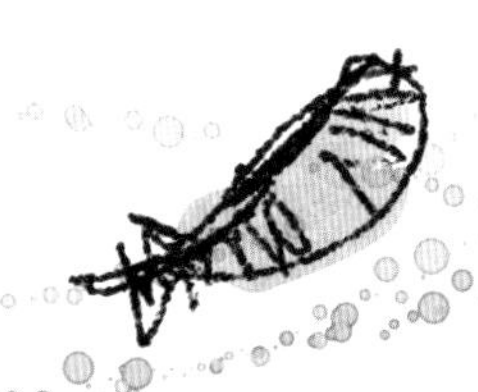

어느 날, 박스 아저씨가 말했어요.
“우리가 싸우지 않고 행복해지려면 빼앗긴 얼굴을 되찾아야 해.”

얼굴을 찾기 위해 캠핑카를 타고 여행길에 오른 이들은
눈밭에 웅크려 앉아 엉엉 우는 엄마 여우를 만났답니다.
가면 소년이 엄마 여우에게 물었어요.
"아줌마는 눈물도 안 나오는데 왜 계속 울고만 있어요?"

그러자 엄마 여우가 말했어요.
"먹이를 찾으러 나왔다가 등에 업고 있던 내 새끼를 그만…
이 눈밭 속에서 잃어버렸단다.
눈물로 이 많은 눈을 녹이다가 눈물샘마저 이제 말라버렸구나."

엄마 여우가 또 소리만 내어 엉엉 울어대자
가면 소년의 눈에서 뜨거운 눈물이 쏟아지기 시작했어요.
줄줄줄… 줄줄줄…

그러자 빠르게 녹기 시작한 눈밭 속에서
꽁꽁 얼어 있던 새끼 여우가 모습을 드러냈지요.
차갑게 굳은 새끼 여우의 작은 손 안에는
엄마가 좋아하는 겨울 산딸기가 들어 있었답니다.

또다시 길을 떠난 세 사람은

가시꽃밭에서 옷을 벗고 춤추는 광대를 만났어요.

깡통 공주가 물었어요.

"너는 왜 가시에 찔려가며 열심히 춤을 추고 있니?"

광대가 말했어요.

"이렇게 해야 사람들이 나를 봐줄 것 같아서.
그런데 아프기만 하고 아무도 봐주지 않아."

그러자 깡통 공주는 가시꽃밭으로 들어가
광대와 함께 춤을 추기 시작했어요.
"나는 깡통이라 가시에 찔려도 상처가 나지 않아."

깡통 공주가 더 높이 팔짝팔짝 뛰어 오르며 춤을 추자,
텅 빈 몸통 안에서 딸그락 딸그락 요란한 소리가 울렸지요.
그 소리를 듣고 몰려온 사람들이
이들의 춤을 구경하며 박수를 쳐주었답니다.

바로 그때!
사악한 그림자 마녀가 이들 앞에 다시 나타났어요.
그녀는 엄마 여우 대신 눈물을 흘려준 가면 소년과
광대와 함께 춤을 춰준 깡통 공주를 납치해 가버렸죠.

"이제 너희 둘은 절대… 행복한 얼굴을 찾을 수 없을 거야."
저주를 한 후, 깊고 깜깜한 두더지 굴속에 가둬버렸답니다.

며칠 후 박스 아저씨가 그 두더지 굴을 찾아냈지만,
굴의 입구가 너무 좁아서 도저히 안으로 들어갈 수가 없었어요.
"어떡하지? 두더지 굴 안으로 들어가려면
이 박스를 벗어야 되는데…."

이때, 굴속에서 가면 소년의 목소리가 들려왔어요.
“아저씨! 우리는 걱정하지 말고 멀리 도망가!
곧 그림자 마녀가 돌아올 거야!”

하지만 박스 아저씨는 용기를 내어
쓰고 있던 박스를 벗어 던지고 굴속으로 들어가
가면 소년과 깡통 공주를 구해냈답니다.

환한 굴 밖으로 나온 두 사람은
박스를 벗어버린 아저씨의 엉망이 된 얼굴을 보고 깔깔대며 웃었어요.
깔깔깔깔… 깔깔깔깔…
배를 잡고 미친 듯이 웃던 가면 소년의 가면이 툭 하고 떨어졌어요.
깡통 소녀의 몸을 두른 깡통도 깡 하고 굴러떨어졌죠.

웃다가 진짜 얼굴이 튀어나온 두 사람을 보고
박스가 벗겨진 아저씨가 말했어요.

"아… 행복하다…."

결국 그림자 마녀가 훔쳐간 건
이들 세 사람의 진짜 진짜 얼굴이 아니라
바로… 행복을 찾으려는 용기였답니다.

글 | 조용

드라마 〈저글러스〉 〈사이코지만 괜찮아〉 대본을 썼다.

그림 | 잠산

콘셉트 디자이너 및 일러스트레이터로 활동하고 있으며 드라마 〈남자친구〉 〈사이코지만 괜찮아〉 등에 삽화를 그렸다.

사이코지만 괜찮아 **특별 동화 5**

진짜 진짜 얼굴을 찾아서

초판 1쇄 발행 2020년 8월 31일 **초판 17쇄 발행** 2024년 5월 22일

글 조용
그림 잠산
펴낸이 최순영

출판2 본부장 박태근
스토리 독자 팀장 김소연
편집 곽선희

펴낸곳 ㈜위즈덤하우스 **출판등록** 2000년 5월 23일 제13-1071호
주소 서울특별시 마포구 양화로 19 합정오피스빌딩 17층
전화 02) 2179-5600 **홈페이지** www.wisdomhouse.co.kr

ISBN 979-11-90908-74-0 04810
979-11-90908-25-2 (세트)

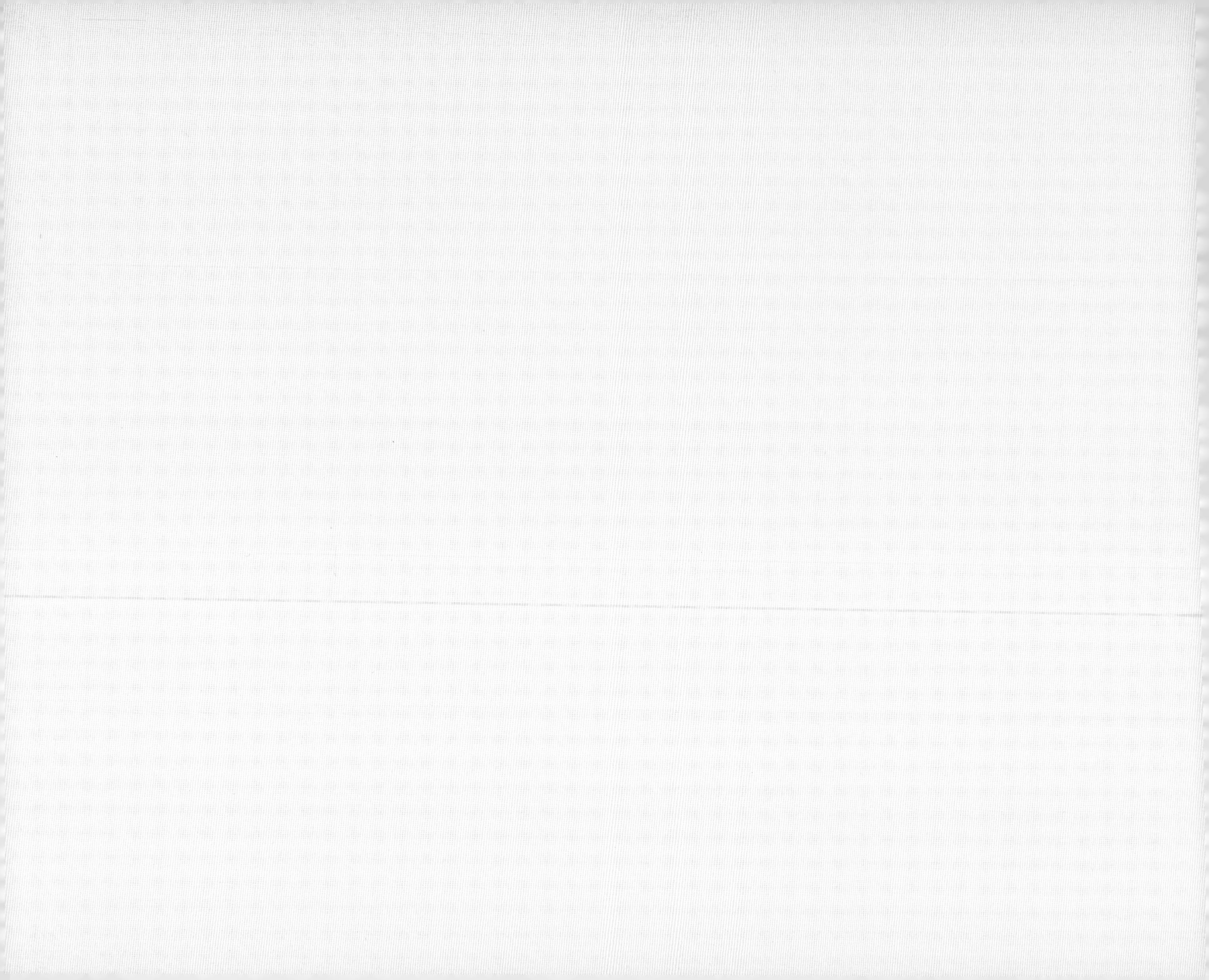